最美的童話　就是　有你

文・Dr.Selena ✕ 畫・克里斯多

盼・心動

歌・熱戀

痕・戀苦

癒・愛悟

傾‧偕愛

陪著你找回愛的勇氣

女人幫身為台灣最大女性社群媒體，每天我們會接到許多姊妹們私訊給我們，詢問我們許多愛情中遇到的挫折與問題。從一封封的來信當中，我們感受到許多姊妹們正在不同的愛情階段，有著不同的感受及體會。

我們對於許多姊妹們在愛情剛萌芽曖昧狀態的期待不安，或是對於一段感情一個男人該不該繼續的迷惑，甚至狠狠遭受男人有小三背叛的撕裂痛苦，女人幫全部都感同身受。

也真心期待我們是不是可以陪伴所有姊妹們在不同愛情狀態中像每一個女生的最好閨蜜，永遠都在身邊聽你的傾訴，幫你擦乾眼淚，陪你找回對愛的信心繼續往前走，直到每一個姊妹們找到自己真正的幸福！

於是我們有了這樣的一個想法——可不可以把我們對於女生的這份心意，轉換成許多文字及圖片，用一篇一篇動人的心情故事，陪伴所有的姊妹身邊，陪你度過愛情中各種酸甜苦辣，不管你是剛陷入愛河，或是你的愛情很甜蜜，甚至是妳遭受無情的背叛，不管在愛情的任何狀態，我們一直都在你身邊陪伴著你！

很開心這個想法可以真的實現了，女人幫攜手台灣最溫暖的知名插畫家克里斯多展開跨界的聯手創作，我們期待透過這一本書讓你可以找回愛自己的勇氣，找回對幸福的渴望，最棒的是找到屬於你自己獨一無二的幸福，編織你們倆不朽的愛情童話故事！

女人幫總編輯

Dr. Selena（楊倩琳博士）

用畫筆凝結每一時刻的陰晴圓缺

月的陰晴圓缺交織出黑夜的風情萬種，
像是驚喜的萬花筒，
怎麼都捨不得放下。

四季的春夏秋冬紛飛出大地絕美的繽紛，
你總是不斷被這藝術家感動。

人生的酸甜苦辣精釀出歲月的醍醐味，
在時光的洗禮下，
終於領略每個當下的甘醇。

每一天都會發生許許多多的好事壞事，可是總在我們的一念之間，壞事變成了好事，在不斷學著轉念下，你好像漸漸發現了什麼神奇的開關，小時候曾經深深相信的童話故事好像真的有這麼一回事。

所以我用畫筆，將好的壞的，每一個值得紀念的時刻都凝結下來，就像月亮的陰晴圓缺一樣，有開心，當然也有難過，希望在你開心的時候陪你一起哈哈大笑，難過的時候給你一個溫暖擁抱。

常常繞了一大圈，才發現其實答案總是很簡單，只需要深深的相信就已足夠，所以無論如何，都不要放棄，相信最後總是好的，相信有你就是最美的童話。

克里斯多

盼・心動

花語：

白玫瑰：

天真、純潔、純純的愛

1 朵：

你是我的唯一

愛戀

如果想念是微風
那輕撫的溫柔
願能讓你感受的依戀

如果想念是海
那深深淺淺的藍
是一望無際的牽掛

如果想念是落葉
那片片的紛飛
盼能引吸你入眼

如果想念是雨
那滴滴答答的連續
是無法停歇的愛意

唯一

全世界有幾十億人
有的只是短暫停留
有的只是擦身而過

遇見了你
那個唯一
走進心裡
視線再也走不開
左右所有思緒

幾十億分之一
多麼小的機率
多麼難得的緣分
茫茫人海中
如何不留住這唯一

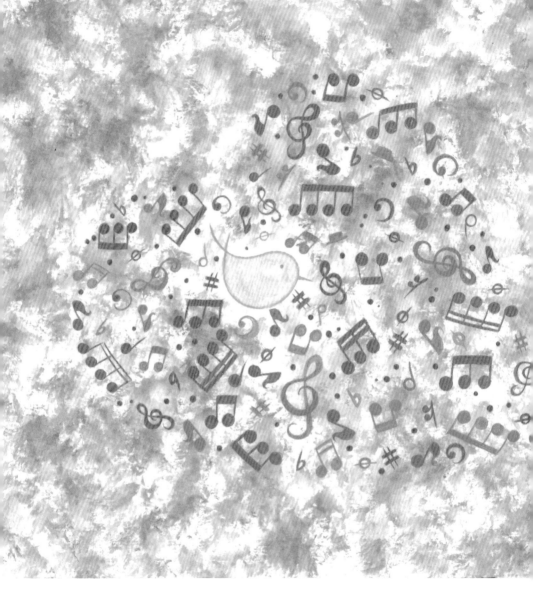

可·愛

喜歡你呼喚我的名字
是心上　輕輕的顫動
像春風　吹落了櫻雪

喜歡你揉著我的頭
是髮心　暖暖的溫柔

因為你　才發現
自己　可 愛
原來 我
也可以笑得那麼燦爛
可以笑得那麼自在

星星

願化作繁星中的一顆

繪染上最獨特的彩光

在人海中

每當你抬起頭

都可以輕易的找到

為你發亮的守候

蜜

有一種甜
會讓人加速呼吸
嘴角　總是不自覺的揚起

忍不住想你
明明才分別五分鐘而已
你要我早點休息的暖暖叮嚀
還有不捨得分開的兩個手心

原來　你已悄悄在我心間
釀了一甕
甜得化不開的蜜

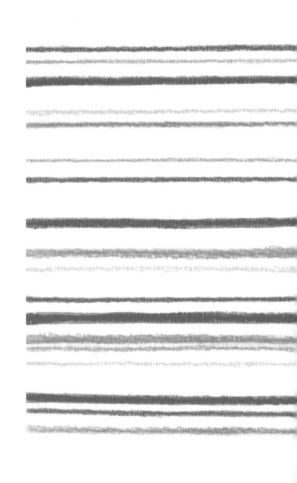

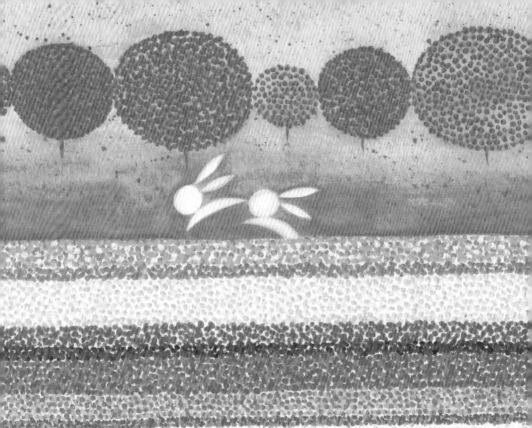

四季

每天醒來　第一個入眼的是你

快樂的時候

第一個和我一起大笑的是你

難過的時候

第一個擁我入懷安慰的是你

春天的時候

和你牽手走在花海裡

夏天的時候

和你一人

一匙挖著芒果冰

秋天的時候

和你飛到日本賞銀杏

冬天的時候

和你泡在暖呼呼的溫泉裡

很珍惜

走遍各地一起探險的是你

生活中的大大小小一切都有你

貓咪

喜歡跟在你身後
踩著你的腳印
喜歡趁你熟睡時
輕數你的呼吸

我就像一隻貓咪
只想黏在你身邊
只想窩在你心上

一點一滴收藏　你的小祕密
呼嚕呼嚕地
發出幸福的喵嗚

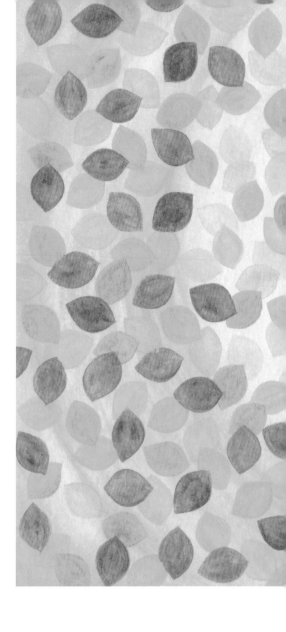

迷宮

一道道綠圍籬
百花齊放蟲鳴鳥啼
還有潺潺流水
有樹牆黯蔭也有利石崎嶇
有時微風輕撫有時寒風刺骨
準備好了嗎？
手持這座美麗的迷宮的鑰匙
開啟花園前的大鎖
盡情探索
迷宮的盡頭是甜蜜的噴泉
都疲憊都能盡滌讓心安歇

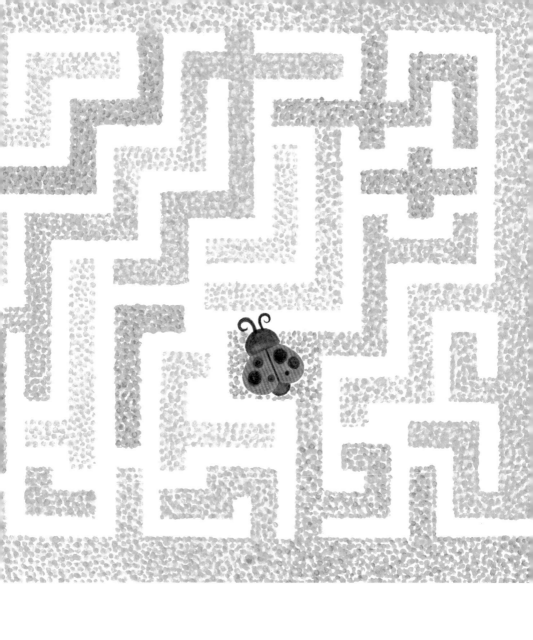

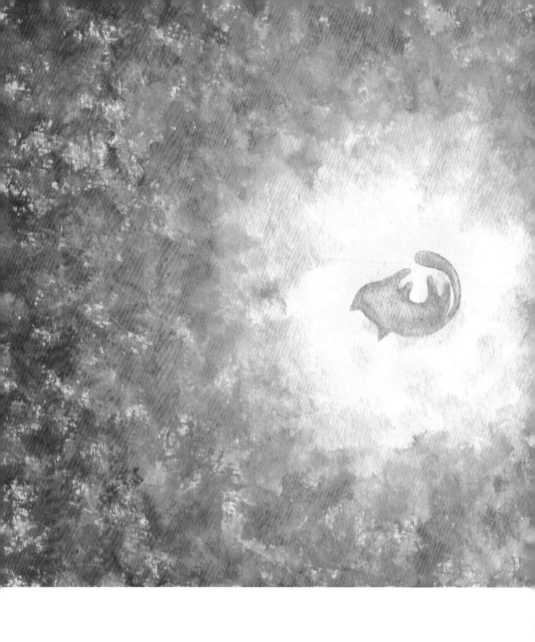

喜歡

想到你就莫名開心
有你在就特別放心
牽你手就感到暖心

再多的困難
有你陪伴就不怕難
再累再辛苦
有你在就能撐過來

風箏

在藍空中遊蕩

或停或留　或高或低

都在那線上

不管走到哪個城市

到了任何地方

眼裡是風景　心繫的是你

飛得再遠

最後還是最想停歇在你身旁

我是你的風箏

唯一的方向　是你

天窗

幸福是一扇可以看見藍天的窗
擁有了家的安全感
累了可以歇息
痛了可以被保護
倦了可以往窗外看
眺望著窗外美麗的景色
徜徉在星空點點的外太空
就這樣靜靜淡淡的放空
便是十足的幸福！

原來幸福就是
自在、舒服又心安

歌・熱戀

花語：

粉玫瑰：
感動、愛的宣言
11 朵：
一生一世只愛你一個

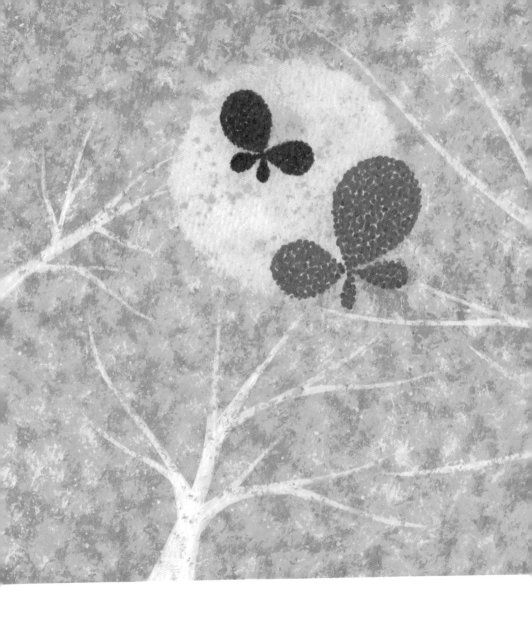

愛情童話

小時候以為
有王子有公主
就是美好的愛情

長大了一點
談了幾次戀愛後認為
王子公主就只是童話
童話
壓根不在現實生活裡

認識你以後我才知道
我們已經不需要童話
因為有你跟我的未來
就是這世界上最動人的童話

漫長的等待

我是一個等愛的小女孩
我相信有一天
一定會有懂我愛我珍惜我的男人
出現在我的生命裡
在他的眼中
我閃閃動人
是勇敢又迷人的公主

我知道我們會吵架　會冷戰
但是我們倆都不會輕易放棄
因為我們知道
我們等了很久才等到彼此

愛你

一想到你
嘴角就不自覺上揚
關於你的一切都想知道

想知道你今天好嗎？
想知道你今天有想到我嗎？
一有空閒就想回你訊息
坐在沙發上電視都沒看仔細
就是眼角餘光
一直偷瞄你是否又傳來訊息

多希望你說
這個週末想約我出去
手不小心碰到彼此的暗自竊喜
你笑著看我就滿臉通紅的心情
有好多好多話想說給你聽
有好多好多的心情
還想跟你分享

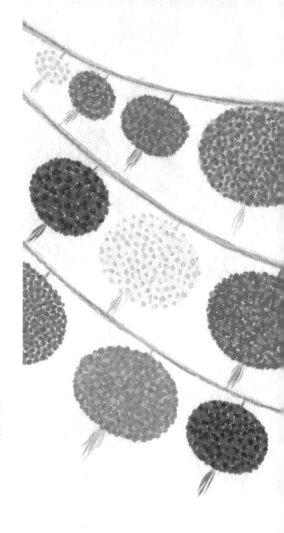

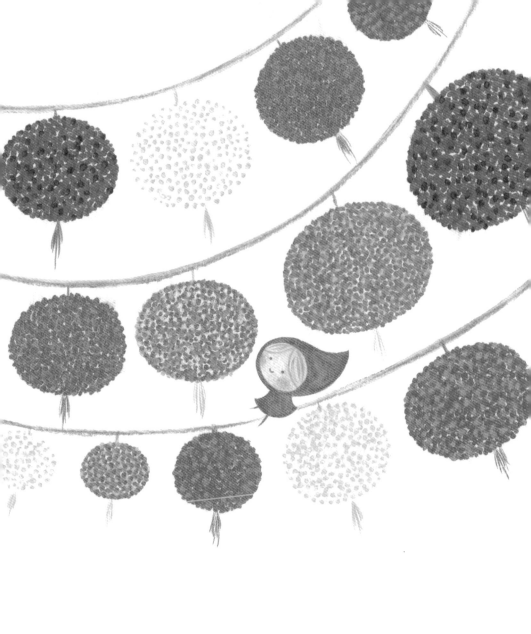

還是好喜歡

還是好喜歡
好的　壞的　不好不壞的
可能
是一句你笑起來真美的羞澀
也可能
是爭吵後臉上撲簌的兩行清淚
還是據理力爭時你那對發亮的雙眸
都讓我看見　更好　更不同的風景

迷路

方向感不好是天生　要左轉偏偏右轉
總要繞一大圈才會到目的地
運氣也是天生　發票從來沒中過
二選一的問題怎麼猜怎麼錯

曾經懷疑是不是因為這樣
所以總遇到一些不對的傢伙
蹉跎了好幾年光陰
跌跌撞撞的一再讓自己傷心
也曾想過是不是因為這樣
才會總與對的傢伙擦身而過
有時候好怕
會不會從此我就弄丟了你
你也再找不到我

但我始終相信　這城過了會有下個村
這站過了會有下個店
總有在某個偶然
你我會在某個地方相遇
一起攜手往我們的方向前進

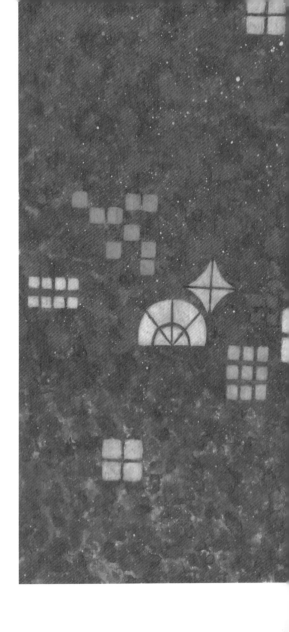

這就是愛

如果有一個人
會每天提醒你帶傘穿外套
如果有一個人
會每天關心你有沒有吃飽
如果有一個人
讓你每天睡前都帶著微笑
這就是愛啊
勇敢向他奔去吧
他會愛你比他生命還要緊
你的快樂遠比他的快樂重要

再多一點點

至今像夢一場
對他的愛不曾停止
持續的不斷不斷付出
即使是平凡無奇的早晨
平淡至極的午后時光
或僅僅只是一個擁抱
只要兩人相伴都好

祈求再給我　一點點的時間
一點點時間　互相依偎
一點點時間　感受彼此的溫暖
一點點再多一點點……

陪伴

在你開心的時候陪伴你

感受你正在感受的生活　一起分享快樂

在你生氣的時候陪伴你

即使生彼此的氣還是離不開　對吧

在你難過的時候陪伴你

任你任性哭鬧　傾倒心中所有的不開心

在你害怕的時候陪伴你

即使狂風巨浪般　一起度過

足跡

車站前的老地方
是我們初見時的笨拙羞澀
大銀幕下
銀光閃爍著你牽我的第一次
巷口那棵懶人樹
見證我們一次次的擁吻
月光下　餘暉裡
映照著我倆相依相偎追逐的身影
城市裡
每個角落都有我們的足跡
迴盪著你我愛的喜怒哀樂
謝謝你走進我的生命

痕・戀苦

花語：

黃玫瑰：
珍重祝福、褪去的愛、歉意
88 朵：
用心彌補

單戀

如果有一種遙望　叫思念
那麼我這份無處寄託的情感
又該歸於何處？

如果有一種意想　叫回首
那麼在腦海中翻騰的記憶
又該何地依憑？

如果轉身後再不能牽起你的手
我寧願化身窗外楓葉
期待盛開剎那
而後每次凋零
一探　你的身影

悟

十八歲那年
妳以為戀愛等於這輩子
在他跟妳說再見的那時候
覺得整個人都要被撕成兩半

廿八歲那年
妳知道戀愛不等於這輩子
在他跟妳說保重的那時候
妳看見此生再次展開

沒有忘記冬天坐在機車後座
身體緊挨著他背後的安全感
只是現在不會動不動就把這輩
子放嘴邊
也不再輕易相信動不動就把這
輩子放嘴邊的人
因為妳知道
幸福不是說來聽的
更相信幸福是行動

星星知我心

再堅強能幹的妳
也總會有被自己打敗的日子
就像明前方的路已是斷崖
乾脆把曾經和眼淚　一起留在那裡

夜再晦暗低潮
也偶有明月高掛
悲傷已經很痛了
不要再讓它蒙蔽妳的眼睛
最美的就在眼前
當下這片浩瀚無垠星空
不如就什麼也不做
讓織女和牛郎一起陪伴自己

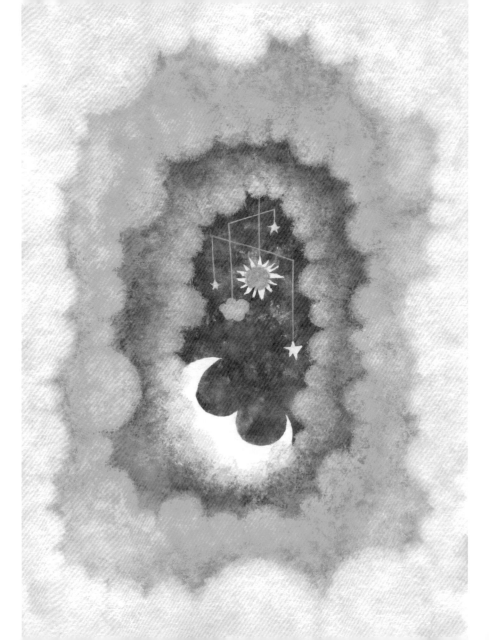

值得更好

別讓妳對他的期待
綁架了自己

放棄了夢想已久的旅行
放棄了五月天跨年演唱會
放棄了姊妹淘心事之夜
放棄了獨享一杯咖啡的時光
放棄了無數的精采
最後還放棄了成為更好的自己

沒有人可以代替妳失望
也沒有人可以代替妳的海闊天空
告訴自己　妳值得更好

曾經

一樣的那把傘
一樣的那條路
一樣的雨天
任憑雨點潑灑在臉上
也打不散我們洋溢的笑容

彷彿昨日
拉著手雨中奔跑的畫面
耳邊的笑聲依舊迴盪著
那麼近的心跳聲
原來有一天也會遠逸

再次回到熟悉的這條路
曾經的身影模糊的視線
嘴角顫抖　淚水滑落
轉身
告訴自己不要回頭

勇敢

女孩　別哭了
愛情走了
至少你還有自己
別去感嘆那些失去
珍惜現在擁有的
才是最真實的幸福

放下

不愛了
就勇敢轉身離開吧

眷戀這段沒有結果的愛情
辛苦的只會是自己

如果幸福無法相伴長久
就讓它留在過去的美好
至少以後回想
還可以帶著微笑

不回頭

分手後
就別再回頭看
沒了他的陪伴
依然能夠過得好好的
相信自己勇敢轉身後
還是能再次遇見幸福

最好的愛情
總留在後頭　等著你

癒・愛悟

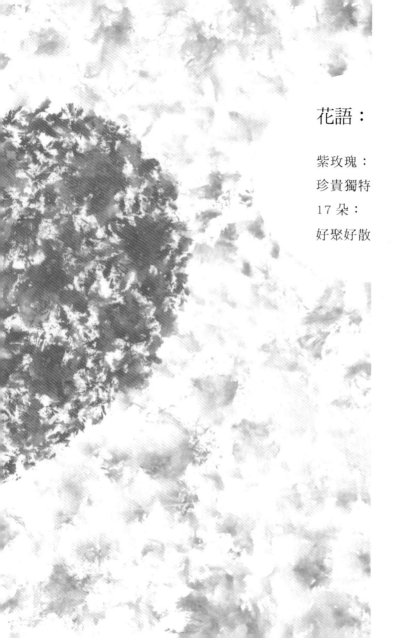

花語：

紫玫瑰：
珍貴獨特
17 朵：
好聚好散

玫瑰花

在每一個等待你
送花給我的日子裡
每一天都種上一株玫瑰

一天兩天三天
一株兩株三株
就這樣到了開花的季節
花園裡滿滿都是玫瑰花
卻沒有一朵是你送的

已經不再期待
也許會停止等待
望著滿園美麗盛開的玫瑰
傲然的迎向陽光吐露芬芳

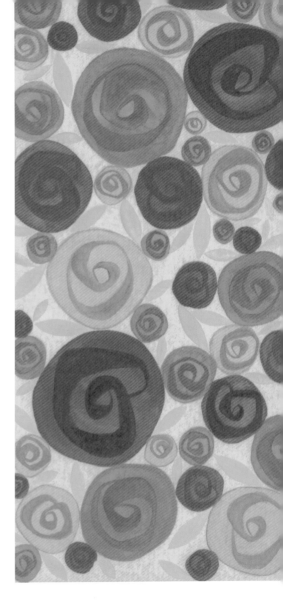

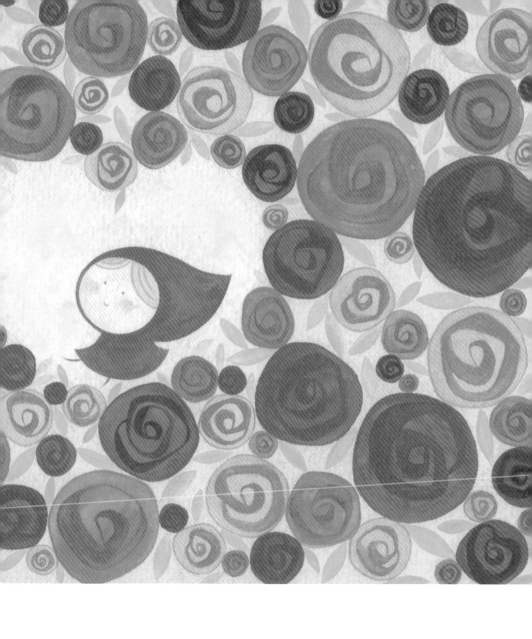

守護

任何事物都不能讓你失去你自己
自己的人生是自己守護
雖然偶爾羨慕那些
總是被男生照顧的妥妥貼貼的女生
雖然偶爾羨慕那些
曬恩愛的雙雙對對
但是回首過去
看看你走過的足跡
正是這些努力那些真誠真心真意
讓你比那些女孩
擁有更耀眼的美

淚水

有些時候
需要握住拳頭
眼水才不會滑下來
多想一點點　情緒就會潰堤
不知道該是防堵　還是宣洩
不知道該是提起　還是遺忘
流淚的時間越短
想念的時間就越多
是傷痛　也是珍貴的回憶
捨不得遺棄

有些悲傷無法避免　就悲傷吧
有些矛盾無法釋懷　就矛盾吧
沒有人懂
就對星空靜靜的傾訴
終有一天
在時間的長河裡　學會放下

走過

走著走著
經歷了好多好多

曾經奮不顧身
卻愛得遍體鱗傷
曾經小心翼翼
真心卻被一層層淚水淹沒
曾經勇敢堅強
他卻朝著另一個柔軟離去

走著走著
依然相信
幸福　還在遠方……

美人魚的珍珠

那些為愛流過的淚水
一滴　就傾盡所有

感動、哀傷、痛苦、快樂
想念、心傷、撫慰、無助

當愛情離開了
落下的晶瑩
都會變成盛開的美麗
註記著那曾經的付出

感謝

曾以為全心付出就會得到同等回饋
可感情不是努力付出就會有收穫
唯一的收穫可能是一直減不下來的那三公斤
竟然輕而易舉的在不到一個月內就達標

感謝他當時狠心說再見成就妳現在玲瓏有緻的身材
感謝他讓妳因此埋首工作結果升官又加薪
感謝他讓妳恢復定期與姊妹的下午茶約會
感謝他讓妳找回閱讀習慣及重拾畫筆

某些人來到妳的生命中
不是為了讓妳學會愛人
而是為了讓妳學會如何更愛自己

真的應該感謝他
像奪得奧斯卡獎般的感謝他
感謝他
原來最好的自己
從沒有走遠

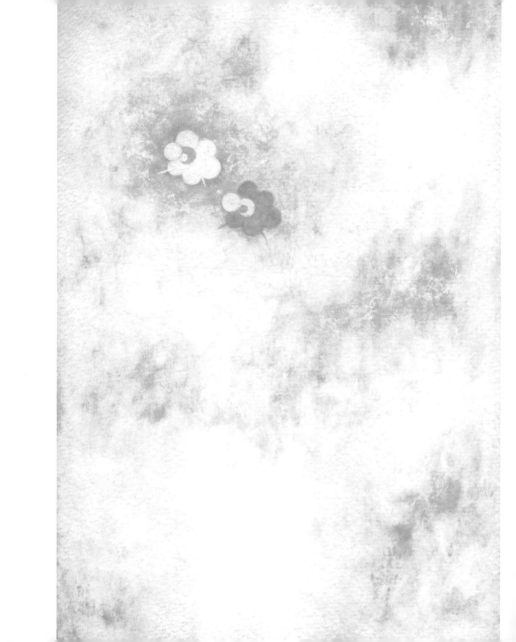

一點點的放肆

很多年後
你的面容、聲音、笑容都已模糊
卻在半夢半醒間　發現
自己在棉被裡尋找你的手

很多年後
我仍是可以回到那個時間點　你出現的那瞬間
請讓我　在這無眠的夜晚
在想像中　借我肩膀一下
只是　這麼一點點的放肆
我想你不會介意

時光之輪

我們在時光齒輪中轉動
無法在某個時間點停駐下來
無法倒轉重來
只能繼續前行

過去只能讓他過去
停下來後悔也沒用
感傷的只能留給感傷
珍惜眼前
握緊手裡的
擁抱當下
抓穩現眼前的幸福

等我

不會停下來的　期盼
不會難過的　感受
會有屬於我的那個臂彎
會有那個最溫暖的胸口
可能就在那個街口
也許就帶那個轉角
又或者　其實他一直就在身邊
他也在等我

等我準備好
準備好
等我
等我好了
就和他說
擁抱我
擁抱
我

傾・偕愛

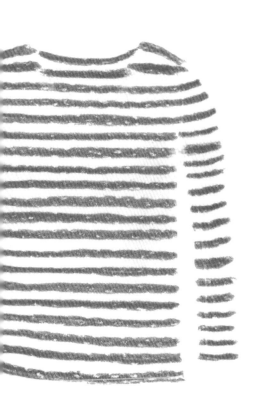

花語：

紅玫瑰：
真誠的愛、真心真意
100 朵：
白頭偕老、百年好合

愛

小的時候會為愛描繪各種幻想
或是為愛設定許多標準
那個時候
其實不懂什麼是愛

經歷了幾段戀情
有過甜蜜滋味
也有過痛徹心扉
才知道原來愛
簡單也不簡單

一段美好的愛情
沒有複雜的標準
看著彼此就心安
彼此在身邊就很自在
牽著手就覺得心很暖

彩虹

曾經以為
緣分與我無關
對的那個人多遙不可及
也許不會讓我遇見
也許美好都只存在別人那裡
愛情故事裡

直到你的出現
就像大雨過後的一道彩虹
讓我知道
原來幸福值得等待
原來我值得好好被愛

滿滿的愛

遇到再大的事情都不用害怕
因為背後有你撐著
遇到再累再傷心的事不用難過
有你繼續挺我

因為你相信我
因為你陪伴我
我才有足夠的力量
無畏眼前的風雨交加
穩住腳步繼續往前走

因為你支持我
因為你擁抱我
我才能自信滿滿的做自己
不用顧忌他人的眼光和耳語
因為有你滿滿的愛
才有這麼好的我

轉角處

過去一路上
曾為了那個他哭了好幾夜
曾懷疑自己不夠美不夠好
曾覺得愛情這條路好難走
也許根本沒有一個出口叫幸福

繞了又繞　跌跌走走
一個絕望
轉彎處看到伸出一雙手
終於嘗到真實的愛情

雖然繞了點遠路
跌了好幾回
受了點傷
終於找了
一切都變得美好

月光

翱翔吧！
在屬於我們的星空裡
盡情徜徉無憂的宇宙
聽星星吟唱
讓柔和的月光指引我們

有我在
從此不用怕夜的孤寂
不用怕夢的驚恐
有我牽著你陪你前行
緊緊相握的雙手
用溫度傳遞的力量

幸運草

我從來不知道
天可以這樣晴朗
空氣可以無比清新
我的笑容可以如此燦爛

甜甜的心情
像打翻了一整片天空的糖粉
任憑香甜香甜的氣味瀰漫
原來你就是我的小幸運
奔馳在我的世界裡
從天而降的幸運草
是你
呵護我的神祕魔法

陪你

幸福就是

有想看的電影
你拉著我的手說一起去
有想吃的餐廳
你先訂好了位帶著我吃
加班晚了
一封封訊息問我何時下班

下班了
你就在門口等著我
問我累不累啊想吃什麼？

生理期來了
你就出門給我買個紅豆湯
幫我吹了頭髮叫我早點睡覺

幸福就是有個人疼你
記得你說過的話
永遠願意花時間陪你

幸福是什麼？

幸福是什麼？
是下班再晚
看到家裡的燈亮著
有人準備好熱騰騰的晚餐
等著你回來

幸福是什麼？
是病了沒有力氣了
有人扶著你去看醫生
有人幫你煮好粥
喊你起來吃藥

幸福是什麼？
幸福是你有強大的安全感
知道有個人
無論你發生什麼事
他永遠都會在

愛的力量

原來
愛上一個人
就真的會愛這個人所有的樣子
不需要特別改變什麼

在一起之後
自然而然為彼此變成更好的人
會想為對方做很多事情
也想為了對方
變成更棒的自己
看著為對方努力的彼此
更有氣力一起打拚前進

圓滿

幸福啊　不是嘴上說說的
只有自己才是
那個會陪著你走完人生的人
你擁有自己才最真實
你擁有一個完整純粹的靈魂
幸福只有靠自己感覺
那是一種圓滿
靠自己成全

雪花

一顆一顆的雪花
像愛的心情
一點一滴變成愛
在我心中
在你心中
串起無限的深情

我愛你
你愛我
在每一個下雪的夜晚
我很幸福
因為有你在身邊
想與你一起看雪花
一看就是一輩子

緣來是你

世界這麼大
人口這樣多
茫茫人海中
能與你相遇
機率有多低

從相識到相戀
到最後相知相守
需要多少的緣分
才能在這一輩子結緣

所以遇見了我
請不要輕易放手
好好牽著我
一生一世！
沒有背叛及謊言
只有想牽手一輩子的決心

我愛你直到世界末日
希望你也能用同樣的真心珍惜我的愛情

有你就是最美的童話

作　　者／文・Dr. Selena ╳ 畫・克里斯多
文字統籌／女人幫團隊
　　　　　（張興禹、黃苡婷、陳妍仔、盧玳樺、林維軒、林宛宣、洪莉玥、余念竹、可舒）
美術編輯／方麗卿
企畫選書人／賈俊國

總 編 輯／賈俊國
副總編輯／蘇士尹
資深主編／吳岱珍
編　　輯／高懿萩
行銷企畫／張莉滎・廖可筠 ・蕭羽猜

發 行 人／何飛鵬
出　　版／布克文化出版事業部
　　　　　台北市中山區民生東路二段 141 號 8 樓
　　　　　電話：(02)2500-7008　傳真：(02)2502-7676
　　　　　Email：sbooker.service@cite.com.tw
發　　　行／英屬蓋曼群島商家庭傳媒股份有限公司城邦分公司
　　　　　台北市中山區民生東路二段 141 號 2 樓
　　　　　書虫客服服務專線：(02)2500-7718；2500-7719
　　　　　24 小時傳真專線：(02)2500-1990；2500-1991
　　　　　劃撥帳號：19863813；戶名：書虫股份有限公司
　　　　　讀者服務信箱：service@readingclub.com.tw
香港發行所／城邦（香港）出版集團有限公司
　　　　　香港灣仔駱克道 193 號東超商業中心 1 樓
　　　　　電話：+852-2508-6231　傳真：+852-2578-9337
　　　　　Email：hkcite@biznetvigator.com
馬新發行所／城邦（馬新）出版集團 Cite (M) Sdn. Bhd.
　　　　　41, Jalan Radin Anum, Bandar Baru Sri Petaling,
　　　　　57000 Kuala Lumpur, Malaysia
　　　　　電話：+603- 9057-8822　傳真：+603- 9057-6622
　　　　　Email：cite@cite.com.my
印　　刷／卡樂彩色製版印刷有限公司
初　　版／2017 年（民 106）07 月
售　　價／300 元
ISBN／978-986-94994-6-0

城邦讀書花園　布克文化
www.cite.com.tw